Enrique Segovia Rocaberti

Cortarse la coleta

Enrique Segovia Rocaberti

Cortarse la coleta

Reimpresión del original, primera publicación en 1878.

1ª edición 2024 | ISBN: 978-3-36805-015-3

Verlag (Editorial): Outlook Verlag GmbH, Zeilweg 44, 60439 Frankfurt, Deutschland
Vertretungsberechtigt (Representante autorizado): E. Roepke, Zeilweg 44, 60439 Frankfurt, Deutschland
Druck (Imprenta): Books on Demand GmbH, In de Tarpen 42, 22848 Norderstedt, Deutschland

CORTARSE

LA COLETA

COMEDIA EN UN ACTO Y EN VERSO

ORIGINAL DE

DON ENRIQUE SEGOVIA ROCABERTI

Representada por primera vez con extraordinario éxito
en el teatro de Variedades la noche del 26 de Noviembre
de 1878.

MADBID

A LA SEÑORITA

DOÑA FELICIDAD SEGOVIA ROCABERTI.

*Por si no le es dado á mi pobre inge-
nio, querida hermana mia, concebir una
produccion más digna de tí que el presen-
te ensayo, pongo tu nombre al frente de
ésta, que por sólo llevarte ya, lleva mucho
bueno, y sírvanos á los dos como recuer-
do de nuestras pasadas tristezas, como
esperanza en el porvenir*

PERSONAJES.	ACTORES.
EMILIA...............	Srta. García (Doña M.)
ARTURO..............	Sres. Vallés.
EL BARON DE CAMPA- NARIO..............	Tamayo.
ROMAN, CRIADO.......	Sanchez.

ACTO ÚNICO.

Sala amueblada con lujo. Puerta al foro y laterales en la lateral derecha un balcon.

ESCENA PRIMERA.

ARTURO, despues ROMAN.

ART.   Es necesario, lo exige
mi tranquilidad, mi dicha.
(Toca un timbre.)

ROM.   Señor conde... *(Desde el foro)*

ART.   Mi equipaje.

ROM.   ¿He de traerlo...

ART.   En seguida,
y venir con migo á la
estacion del Mediodia.

ROM.   Voy al instante.
(Entra por la lateral derecha.)

ART.   Es preciso
que yo me aleje de Emilia.
Hay siempre peligro al lado
de una mujer muy bonita,

y sobre todo si es viuda,
que sabe lo que mi prima,
que tiene un gancho maldito,
que me aturde y me fascina.

ROM. Señor conde... (Con una maleta.)

ART.   Espera un poco.

(Desde la lateral izquierda.)

Sin duda duerme tranquila
sin sospechar, ni aún en sueños,
en mi traidora partida.
Adios, Emilia, y no achaques
á brutal descortesía
esta marcha silenciosa,
que más que marcha es huida.
¡Adios!

ESCENA II

DICHOS Y EMILIA.

(Desde la puerta lateral izquierda.)

EM.   ¡Adios! ¿dónde vas?

ART. (Me ha cogido) Yo... pues... iba
á paseo.

EM.   Puede ser:
pero, dí, ¿que significa
ese equipaje en las manos
de Roman?

ART.   (Hay que decirla
la verdad.)

EM.	No están seguros
en mi casa tus camisas,
pañuelos y calcetines
que para salir...

RET.	Emilia,
no es eso lo que yo temo
dejar aquí.

EM.	(Ya se explica.)
Hola!

ART.	Vuelve esa maleta
á donde estaba

ROM.	En seguida. (Vase.)

ESCENA III

EMILIA, ARTURO.

EM.	Con que te marchabas?

ART.	Sí.

EM.	Estás descontento?

ART.	No.

EM.	Qué te pasa?

ART.	Qué sé yo.

EM.	Estás malo? (Con mucho mimo.)

ART.	(Mirándola.) Así... así.

EM.	No acierto á justificarte
ni tu proceder concibo,
sin existir un motivo
trascendental por tu parte.

ART. Pues existe.

EM.   Dime cuál.

ART. Imposible, prima mia;
el decírtelo seria
mucho más trascendental.

EM. (Me ama.) Puedes hacer
lo que te plazca, y no voy
á insistir, porque no soy
muy curiosa, aunque mujer;
pero provoca mi enfado
tu conducta nada franca.

ART. (¡Qué mano tiene tan blanca!
¡qué cútis tan delicado!)
Mi amor propio se lastima
de ese modo, y no me agrada.
¿Pero no me dices nada?

ART. ¿Por qué has enviudado, prima?

EM. !Qué ocurrencia, San Antonio!
Dios lo quiso.

ART.   ¿Y estás, dí,
segura que fué Dios?

EM.   Sí.

ART. Pues yo digo que el demonio.
Fué Lucifer, no hay tu tia,
el que desató aquel lazo:
¡ya ha sabido el bribonazo
lo que con eso se hacia!

EM. En gran cuidado me pones
con tu extraña presuncion.

¿Qué soy yo?

ART.   La tentacion
mayor de las tentaciones.

EM.   ¡Jesús! Cuéntame tu vida,
que es por cierto singular;
debe ser, á no dudar,
la cosa más aburrida...

ART.   ¿Por qué de Madrid me fuí?
Pues estás en un error;
yo vivo mucho mejor
que vivir pudiera aquí.

EM.   Pero á tu edad encerrado
en un triste lugarejo...

ART.   No es necesario ser viejo
para vivir retirado.

EM.   Mucho dió tu retirada
que hablar en la córte.

ART.   Sí:
ya sé que se habló de mí
durante una temporada.

EM.   ¿Y puedo yo preguntarte,
sin ser una indiscrecion,
qué motivo y que razon
te obligaban á alejarte?

ART.   Por vez primera en mi vida
te lo voy á declarar.

EM.   ¿Oh, sí?

ART.   Puedes escuchar
la causa de mi partida.

Huérfano, Emilia, salí
de la infancia sin dolor
al cuidado de un tutor
que nunca cuidó de mí.
Conde, rico y mozalvete,
entré en la vida de lleno
como caballo sin freno
que arroja silla y ginete.
Para abreviar relaciones:
en diez años, no llegó,
entre mi tutor y yo
nos comimos seis millones,
y hecho el balance final
de mis recursos un dia
ví con espanto que habia
gastado mi capital.
Vendí mi tren y acudí
al juego; ya estaba ciego,
y en una noche en el juego
cuanto tenia perdí.
La amistad me abandonó;
¡ni un amigo conservé!
y este abandono no fué
lo solo que me pasó.
De una prima enamorado,
que era, por cierto, muy bella.
(Mirándola fijamente.)
iba á casarme con ella
cuando me quedé arruinado;

y el padre, cuyo deseo
era contrario á mi union,
aprovechó la ocasion
para mandarme á paseo.
Así la boda deshecha
me dió mi prima al olvido,
y despues con un marido
me suplió tan satisfecha

M.   En nombre de la mujer
á quien juzgas de ese modo,
debo decirte, ante todo,
que cumplió con su deber Fuera

tu vida mejor   y otro
fuera el resultado,
y á ella le habrias ahorrado
muchos dias de dolor.

ART.   Puesto que tú la defiendes
basta que tu fe la abone;
ruégala que me perdone.

EM.   Te perdona... aunque la ofendes.
(Tendiéndole una mano que Arturo bosa.)

ART.   Prosigo mi relacion:
al verme en aquel vacío,
sentí agotado mi brio
y ofuscada mi razon.
Cruzó una idea horrorosa
por mi mente enardecida:
"acabe,—dije,—esta vida
tan estéril como odiosa."

Y de aquél alarde es pos,
delirante y furibundo,
quise abandonar el mundo
con una protesta á Dios.
Alcé los ojos ingrato
contra el cielo, en mis enojos,
y se clavaron mis ojos
en un lienzo, en un retrato.
Bañó el llanto mis mejillas,
se apagó mi frenesí
y sollozando caí
ante el lienzo de rodillas.
Madre de mi corazon!
Su retrato peregrino
se interpuso en el camino
de mi desesperacion.
Tal vez en trance tan fuerte
fué mi madre la que ví,
que dejó el cielo, ¡ay de mí!
para arrancarme á la muerte;
que tras dolores prolijos
dejan las madres el suelo
para velar desde el cielo
por la dicha de sus hijos!

      (Se lleva el pañuelo á los ojos.)

EM.   (Ah! pobre Arturo! Pagó
su inexperiencia á buen precio.)

ART. Pues no he llorado! Qué necio!

EM.   Tambien he llorado yo.

ART.   Lágrimas tú?Quiero verlas

EM.   Acaso de eso te estrañas?

ART.   Eh! no muevas las pestañas
que vas á perder dos perlas.
Déjamelas recoger
en mi pañuelo.

EM.   No admito...

ART.   Soy pobre y las necesito,

EM.   Pues si las has menester...

(Arturo la enjuga los ojos con su pañuelo
que dobla cuidadosamente.)

ART.   Ya las tengo.

EM.   (Le he ganado.)
¿Y has de venderlas?

ART.   Jamás! (Con efusion.)
(Ay, Arturo, que te vás
descubriendo demasiado.)
(Aunque parece ladino
le he de rendir.) Y la historia?

ART.   Tienes razon ¡qué memoria!
en dos palabras termino.
Dios, como dice el refran,
aprieta, pero no ahoga:
yo tuve al cuello la soga
y hoy vivo libre de afan.
A la mañana siguiente
mi tio, el general Ruiz,
dió en la ocurrencia feliz
de morirse de repente.

Testar no pudo el cuitado,
y ese es mi mayor contento,
que á haber hecho testamento
me hubiera desheredado.
Ne era cosa su caudal,
pero fué lo suficiente
para hacerme independiente
sin pedir á nadie un real,
y dándome por dichoso,
tras la pasada tormenta,
sin dar de mi marcha cuenta
dejé la villa del oso.
Desde entonces vivo ufano
en un pueblo encantador
y me vá mucho mejor
que entre el ruido cortesano;
pues ya que no mis blasones
me den el primer lugar,
siempre me le han de ganar
mis cepas y mis terrones.

Em.   Y nunca abandonarás
esa vida lugareña?
La sociedad madrileña
para siempre dejarás?

Art.   Tal vez no hubiese venido
sin el pleito qué me trajo,
y aun me costó gran trabajo
hasta haberme decidido.

Em.   ¡No te inspira la familia

ningun afecto?

ART. (Me enreda.)

EM. ¿Ningun carino te queda
para los tuyos?

ART. Emilia...

EM. ' Ya sé que las del lugar
te tienen sorbido el seso.

ART. ¡Ah! sí, prima, lo que es eso
no lo puedo remediar.
Yo flaqueo por aquí, (El corazon)
y hay allí unas aldeanas
tan frescotas y tan llanas,
que es gloria vivir allí.

EM. Señor conde, eso es indigno
de su nacimiento.

ART. ¿Y qué?

EM. Que se ha degradado usted,

ART. Con mi suerte me resigno.

ESCENA IV.

DICHOS, ROMAN Y EL BARON.

ROM. El señor baron. (Se retira)

ART. (Me alegro)

EM. (Siempre importuno.) Adelante...
(Entra el baron que viste de curro, con calañé
y faja de color; lleva pequeñas patillas rubias,
y lentes.)

BAR.	Emilia, diez mil perdones
	solicito de usted antes
	de estrechar su blanca mano.
EM.	Y qué debo perdonarle?...
BAR.	Cuatro dias que no tuve
	la dicha de presentarme...
EM.	Es verdad,
BAR.	(Está celosa;
	lo conozco en que se hace
	la distraida.)
EM.	Baron...
ART.	(Buen tipo de saltimbanqui.)
EM.	Presento á usted á mi primo
	el conde de Campo-Grande;
	el baron de Campanario.
ART.	Tengo mucho gusto...
BAR.	Calle,
	Campo-Grande! usté el conde?
	Por el Tato! Que me place
	conocer á Vd.
ART.	Baron...
EM.	Pero usted en ese traje?
BAR.	Es martes, viudita.
ART.	¿Es ese
	el figurin de los martes?
BAR.	Pero, señores, señores,
	dónde están? de dónde salen?
EM.	Ah! ya caigo.
ART.	Pues yo espero

á que de dudas me saquen.

AR.   Pero es posible, por Montes!

RT.   Sí, señor, por Costillares!

I.   Hay becerrada en los Campos...

AR   Y estoy de tanda esta tarde.

RT.   Pica usted?

.I.   Es un Melones!

RT.   (En singular es probable)

R.   Vendrá usté, conde?

RT.   Es posible

más no puedo asegurarle...

AR.   Por Frascuelo, que deploro
picar hoy.

                    Sí es deplorable.
Quisiera que usté me viese
hollar el ruedo arrogante
con el estoque en la mano,
que tambien mato.

T.   Pues hace
usted á todo.

                    El baron,
primo mio, es admirable.
Que muleta! Cayetano
es un pobre principiante
á su lado. Y banderillas?
En esta suerte es notable;
jamás ha puesto una sola.
(Siempre las dos se le caen)

R.   Por Dios, Emilia...

EM.   (Este nécio
me sirve para mis planes.)

ART.   (Con qué entusiasmo habla de él!)

EM.   Estrena usté hoy ese trage?

BAR.   No hace dos horas aún
que me lo ha llevado el sastre;
òtro le ha hecho á Salvador
de igual córte y de igual clase.

EM.   Le sienta á usted que no hay más
que pedir.

BAR.   Puedo jurarles (Pavoneándos
que entre la gente flamenca
hay pocos que se me igualen.

ART.   Si está usted hecho un flamenco.

BAR.   Es verdad?

ART.   (Pero del Támesis).

EM.   Almorzará ustéd conmigo
segun costumbre.

BAR.   Negarme
fuera ofenderla.

ART.   (Le invita!
Esto me quema la sangre!)

EM.   Querido primo, el baron
es mi asíduo acompañante;
apenas se pasa dia
sin que venga á visitarme,
y aunque yo suelo abusar
de su bondad, tan amable
se me muestra siempre, que

yo no sé cómo pagarle.

BAR. Emilia ¡por Lagartijo!
haga el favor de callarse:
eso no vale la pena
de contarlo.

EM.   Pues si vale.
¿Quiere usted tambien que oculte,
quiere usted tambien que calle
que es usted mi secretario
gratis et amore? ¡gratis!
digo mal, con detrimento
de su bolsillo...

BAR.   ¡Por Lávi!

EM. Porque me abruma á regalos
de Páscuas á Navidades.

ART. (¡Su secretario!)

BAR.   (Viudita,
ha estado usted implacable.)

ART. (Dios de Israel ¡qué le coja
un becerro, que le enganche!)

EM. (Está violento.) (Por Arturo.)

ART.   Baron,
los becerros ¿son muy grandes?

BAR. De tres yerbas.

ART.   (No me sirven.)
Usted debiera aninarse
á lidiar toros de plaza.

EM. ¡Jesús y qué disparate!

ART. (A ver si le mata uno).

BAR. Con el tiempo es muy probable.

EM. Con su permiso, señores,
voy allá dentro un instante

BAR. Emilia...

EM.   Mucho cuidado
con que ninguno se marche.

ART. (Nos deja solos; Dios quiera
que no tenga que pegarle.)

EM. (Ya tiene celos; al fin
lograré que se declare.) (Váse)

ESCENA V.

BARON y ARTURO.

BAR. Pues, sí, señor conde, tengo
un verdadero placer
en haberle conocido.

ART. Lo mismo digo de usted.

BAR. Y qué, vuelve usté á Madríd
para no salir de él
ó persiste usté en su empeño?

ART. Y siempre persistiré.
Me cansa mucho esta vida,
me marea esta Babel
donde se halla cada tipo
como usté... sabe muy bien...
Tiene gracia! Y es verdad;
hay tales tipos, pardiez...

ART. (Mírate si no al espejo.)

BAR. Pero, en cambio, es menester
       confesar que aquí de España
       está el honor y la prez,
       el arte, la ilustracion,
       y, sin modestia, tambien
       estamos aquí nosotros,
       que es cuanto hay que apetecer.
       Pero, pasando á otro asunto
       que tiene más interés;
       que ha pensado usté de mí
       respeto á su prima?

ART.   Qué?

BAR. Con franqueza, vé uste algo?

ART. Y yo qué tengo que ver?

BAR? Pues, hombre, que tal vez pronto.
       seré su primo de usté.

ART. Mi primo!

BAR.   Está todo el mundo
       en que mi mano ha de ser
       la que ha de arrancar á Emilia
       las tocas de la viudez.
       Aunque no hay nada concreto
       todavía, me insinué
       varios veces y me oyó
       aguantando.

ART.   Aguantar es.

BAR. Conque, le habré sorprendido
       agradablemente, ¿eh?

ART. Mucho!

BAR   Sí?

ART.   (Como que estoy
por ahogarte.)

(Arturo se dirige al baron en actitud amena-
zadora y éste le abre los brazos extrechándele
en ellos.)

BAR.   Abráceme!

ART.   (Ay! si el becerro tuviera
mis intenciones, ¡qué bien!)

BAR.   Ya usted la ha oido expresarse
respecto de mí.

ART.   (Pardiez,
tiene razon; está loca
pues le quiere esa mujer)

BAR.   Y despues de cuatro dias
que su casa no pisé.
Pero, aquí para inter nos,
le voy á contar á usté
el motivo.

ART.   Y quién le ha dicho
que yo le quiero saber?

BAR.   Si es que yo quiero contárselo.

ART.   (Le voy á arrancar la piel)

BAR.   Pues en esos cuatro dias
me he ocupado en componer
una epístola amorosa
en quintillas

ART.   ¿Qué, tambien
es usted poeta?

BAR.   Un poco:
pero escribo rara vez.

ART.   Sí? (Me alegro por las musas.)

BAR.   Conde amigo, escuche usted.

ART.   (Esto más) Pero...

BAR.   No hay pero...

ART.   Pues señor, escucharé

BAR.   „Lea usted, Emilia hermosa, (Leyendo.)
y de importuno no tache
á quien, con alma afanosa,
llegar á sus plantas osa
humildemente."

ART.   (Leyendo por cima del hombro del baron.)
                Sin ache!

BAR.   „La ví á usted en un concierto,
usted estaba tranquila,
yo por sus hechizos muerto,
y lucia usted, por cierto,
un traje berrendo en lila.
Es mi color favorito,
¡color mil veces bendito,
pues él llamó mi atencion!
Decirla no necesito
que me robó el corazon.
Bendije mi buena estrella,
y sin retóricas galas
exclamé al verla tan bella;
¡que me coja uno de Salas
si no me caso con ella!

La adoro á usted con furor
y estoy, Emilia, deshecho;
quiérame usted, por favor,
que me desgarran el pecho
los pitones del amor.
　　Siempre á su afecto rendido,
en mí la ofrezco un marido
voluntario y codicioso,
pero jamás receloso
ni mucho ménos huido.
Será mi dicha completa
si usted acepta mi mano,
pero si á usted no le peta
me hago padre franciscano
y me corto la coleta.„

Bar.　Qué le parece á usted conde?
Art.　Qué me parece? Muy bien!
Bar.　Y qué, soy original?
Art.　Pero hombre, no lo ha de ser
　　　una musa con pitones,
　　　retinta y de muchos piés?
Bar.　Cree usted que debo dársela?
Art.　Sí, señor, désela usté
　　　(Y te dará calabazas,
　　　de seguro, si la lée.)

ESCENA VI.

DICHOS y EMILIA.

EM.   Querido baron...

BAR.   Emilia...

ART.   (Querido y todo! Esto es
       para morirse de rábia)

EM.   Yo siento mucho tener
       que molestarle, baron,
       pero necesito á usté
       con urgencia.

BAR.   Pues al punto.
       Qué es lo que tengo que hacer?

EM.   Ponerme en limpio unas cuentas
       que me pide don Ginés,
       mi administrador.
                         Pues vamos.
       Vés qué amable? Como él (A Arturo)
       hay pocos amigos. Vamos.
       Si quieres entretener
       el tiempo, hojea ese álbum.

ART.   Muchas gracias! (Con ironía).

EM.   No hay de qué. (Id.)

BAR.   Ahora la doy la cartita.

ART.   ¡Y á mí qué me cuenta usté!
           (Vánse Emilia y el baron:)

ESCENA VII.

ARTURO y despues ROMAN.

Me está muy bien empleado,
pero muy bien, sí señor.
Tratarle de esa manera
en mis barbas, ¡voto á bríos!
sabiendo cuánto la quise,
es una burla feroz.
Decididamente, ahora,
sin decirla un mal adios,
me marcho y que la trastee
á sus anchas el baron.

(Toca el timbre y se presenta Roman en el foro.)

Enseguida mi equipaje.

ROM. Voy enseguida, señor.

(El mismo juego que en la primera escena.)

ART. Pero el caso es que dirá
que no tengo educacion,
y si sabe el baroncito
que he sido su amante yó,
creerá que huyo derrotado
y que él es el vencedor.

ROM. Señor conde, cuando guste
vuecencia...

ART.   Ya voy, ya voy... (Transicion.)
Mira, vuélvelo á su sitio.

Rom. Como le plazca al señor. (Váse.)

Art. Pero he de ver yo triunfante,
feliz, á ese moscardon,
dando envidia á más de cuatro
y á mí entre ellos? Eso nó;
de ahora sí que no pasa.
    (Toca el timbre y vuelve Roman.)
Mi equipaje.

Rom.   Voy, señor. (Váse.)
    (Arturo dice lo que sigue paseándosé muy
    agitado.)

Art. Que se casen, que se casen...
á mi qué? la quiero yo?
Yo me marcho tan tranquilo...
    (Tira una silla de un puntapie)
Pues ya se vé que lo estoy!

Rom. Señor conde, cuando guste...

Art. Ah! sí. Pero hombre de Dios,
no le he dicho que lo vuelva
donde estaba?

Rom.   Sí señor:
pero despues me ha mandado...

Art. Es verdad, tienes razon.
Pues... llévatelo á su sitio.

Rom. El conde está... (Haciendo el ademan pe-
    culiar del que indica que otro no tiene buena
    la cabeza.

Art.   Pero, no;
espera ahí. Me resuelvo.
    (Desde la lateral izquierda.)]

Adios, señores, adios,
y que sean tan felices,
si tiene efecto su union,
que revienten de dichosos
por el estilo que yo!
(Sale precipitadamente seguido de Roman.)

ESCENA VIII.

EMILIA, EL BARON.

EM.   Paciencia, baron.
BAR.   Emilia,
es impaciente el amor.
EM.   Y Arturo?
BAR.   Quedaba aquí...
EM.   A que ese calaveron... (Se dirige al bal·
con de la derecha.)
Cielos! Es él! Sube á un coche
con su equipaje... me vió...
no hace caso de mis señas!
Corra usté, corra, baron,
y no vuelva sin mi primo.
BAR.   Emilia, pero...
EM.   Por Dios!
¡Si me estima usted en algo
hágame usté ese favor!
BAR.   Pero mi carta...
EM.   Tendrá
cumplida contestacion

si vuelve usted con Arturo,
y de lo contrario, no
cambiaremos en la vida
ni un mal saludo los dos.

BAR. Que me enganche un Concha-Sierra
si entiendo palabra yó!

EM. Corra usted, amigo mio!

BAR. Volveré con él. Adios. (Medio mútis.)

BAR. Emilia...

EM.   Aquí todavía!

BAR. ¿Y á dónde he ir?

EM.   Baron,
corra usted á la estacion!
(El Baron corre apresuradamente hasta el
foro y vuelve.)

BAR. Del Norte ó del Mediodia?

EM. Qué pesadez! Yo no sé;
á las dos; así no hay yerro.

BAR. A que me cierne un becerro
esta tarde!

EM.   Corra usté!

BAR. Corro ya. Me vuelvo loco!
(Medio mutis y vuelve.)
Por lo que pueda ocurrir;
si no quisiera venir?...

EM. No parezca usté tampoco!
(El Baron sale apresuradamestc.)

ESCENA X.

EMILIA.

Mia es la culpa; le dí
demasiados celos ya,
y, ofendido, no querrá
volver otra vez aquí.
Maldigo mi necedad
por inútil y funesta!
Ese capricho me cuesta
toda mi felicidad.
Conmigo misma enojada
contra mí me desespero,
que se marcha y yo le quiero
y me siento enamorada.
Nuevamente malogrado
el amor que él me inspiró...
Dios mio, qué haria yo
para volverle á mi lado?

ESCENA XI.

EMILIA y ARTURO.

(Arturo con la maleta en la mano.)

ART. Me marchaba ya de una
y á no volver decidido;
pero, francamente, yo
no tengo ningun motivo

para proceder de un modo
tan brusco como impolítico.

(Avanza hácia la escena, dejando caer la maleta; al ruido se vuelve Emilia, levantándose
rápidamente.)

EM. Quién vá?

ART. Yo soy, Emilita. (Con zalameria.

EM. Ah! gracias, gracias, Dios mio!
Y el baron...
Cómo! Otra vez
se atraviesa el baroncito...
Adios! (Cogiendo la maleta)

(Emilia le cierra el paso, le toma de un brazo
y le obliga á hacer todo lo que indica el diálo-
go, atrayéndole al sofá, donde le hace sentar á
su lado, aprisionándolo las manos.)

Alto ahí! No háy paso.
Venga usté acá, señor primo,
deje usted esa maleta,
siéntese usté aquí conmigo,
y así aprisionado empiece
su contricion ahora mismo.

ART. ¡Ay qué manos!

EM. Hable usted,
pero sériamente, indigno
caballero, mal pariente
y hastà ingrato y mal amigo.
Yo le he hospedado en mi casa,
en mi propio domicilio,
tal vez despertando hablillas

3

de salones y corrillos;
yo, que estoy sola en el mundo...
(A un movimiento de Arturo.)
Sola, sí señor, lo afirmo,
pues la mujer nunca tiene
en este mundo mezquino
quien sin interés la sirva,
interés no siempre lícito,
que es la amistad un vocablo
pocas veces con sentido.

ART. (Arturito, que te cazan!
que te pierdes, Arturito!)

EM. Ustéd dirá que no hay tal
soledad, puesto que ha visto
en mi casa un hombre, si
merece este nombre un tipo
como el baron.

ART.   No merece...

EM. Luego usted, caballerito...
Vamos á ver, por qué huia?
Sin rodeos, sin distingos.

ART. Quieres que me explique en crudo?

EM. ¡Qué es quererlo! Se lo exijo.

ART. Pues bien, ya sabes, Emilia,
que te quise desde niño,
y tan de veras, que á punto
de casarnos estuvimos.
Otro me robó tal dicha,
¡Dios perdone á tu marido,

que lo que es con mi perdon
no se salva aquel inícuo!
Te he juzgado una de tantas,
sin corazon, sin cariño
y hasta egoista; perdona
el que así te haya ofendido,
pero has sido desgraciada
y en mi pecho te vindico.
Te quiero... como te quise
—pues, señor, ya me he perdido—
y en vano es que finja enojos;
en vano es mostrarme esquivo,
porque.. (Transicion) pero que demonio,
te quieres casar conmigo?

EM.   Jesús y qué escopetazo!
ART.   Ya ves tú si soy clarito.
Sí ó no?
          Querido Arturo,
no es puñalada de pícaro...
ART.   Y qué mayor picardia
que hacer de un hombre un marido?
Yo he despertado en tu alma
los amorosos instintos,
yo te enamoré el primero
y otro más favorecido
me ha robado tus caricias,
se ha llevado tus suspiros,
y hoy te pido yo las sobras
de aquellos dulces deliquios:

á ver si esto no es amor
de padre y muy señor mio!
(Se arrodilla.)

EM. A mis piés! No lo consiento.

ART. Emilia!

EM.   No lo permito.

ART. Pues, adios!
    (Emilia le abre los brazos.)
        ¡Si es aquí donde
te quiero yo ver rendido!

ART. Oh dicha! (Se abrazan.)

EM.   Gracias á Dios!

ART. (Me pescó.)

EM.   Querido primo,
qué trabajo me ha costado
rendirte.

ART.   Si no me rindo.
Te figuras que me vences?
Pues, hija, no hay tal vencido,
  (Al público.)

(Conste que es porque el baron
no la haga infeliz.)
Lo dicho. (A Emilia.)
(El Baron entra precipitadamente, jadeando.
  y costándole gran trabajo hablar.)

ESCENA XII

DICHOS y EL |BARON.

BAR.   Por los manes de Pepete!
       Gracias á Dios que le hallo!
EM.   Baron...
ART.   (Cállate.)
EM.   (Me callo.)
ART.   (Este asunto me compete
       á mí solo; dejanos.)
       (Secretitos al oido.∵.
       Vamos, se habrá decidido.)
ART.   Tenemos que hablar los dos (Al Baron
EM.   Con su permiso, señores.
BAR.   Se retira usted!
EM.   Sí, ya
       Arturo le explicara...
       (Por Dios, que no te acalores.
           (A Arturo al pasar junto á èl.)
           (El Baron va á acompañar á Emilia, hacien-
       do ridículas cortesías, y Arturo le hace volver
       al centro de la escena cogiéndole de un brazo.)

ESCENA XIII.

ARTURO, EL BARON.

ART.   Tengo, de parte de Emilia,
       que hablar á usted sériamente.

BAR.   Comprendo; usté es su pariente
      y el asunto es de familia.

ATR.   Dice usted...

BAR.   Que ya estoy viendo
      que soy su primo y le estimo...
      (Dándole una palmada en el hombro á Arturo.)

ART.   Hombre, no es usted mi primo,
      pero lo está usted haciendo.

BAR.   ¡Cómo!

ART.   Que obrando en conciencia,
      Emilia me quiere á mí,
      se casa conmigo y....
      saque usted la consecuencia.
      De Miura es la intencion,
      pero le comprendo á usté.

ART.   A ver...

BAR.   Qué bromista!

ART.   Qué!
      Lo juzga broma, baron?

BAR.   Y por cierto muy chistosa,
      tanto que su humor celebro;
      Emilia darme ese quiebro!
      No faltaria otra cosa.

ART.   Oiga usted; no hay tal bromazo,
      y en su propia jerga, yó
      le aconsejo á usted que nó
      me obligue á meter el brazo.
      Ya salí de mis casillas,
      y es mejor que se retire

si no quiere que me tire
á paso de banderillas.

BAR.   Conde, por el Chiclanero
que no puedo tolerar!...

ART.   Le voy á descabellar!

BAR.   No señor, no lo tolero.
Ahí tiene usted mi tarjeta (Dándole u a.)

ART.   De este modo la recibo (La rompe.)
Con que tome usté el olivo
y córtese la coleta.

BAR.   Reniego de mi fortuna
si mañana no le mato!
Se lo juro... por el Tato!

ART.   Muchacho, la media luna!
(Al gritar esto Arturo desde el foro, el Baron
sale precipitadamente.)

ESCENA ULTIMA.

ARTURO, EMILIA.

EM.   Has estado muy cruél.

ART.   El chasco ha sido tremendo:
mas nada pierdes, perdiendo
un amigo como él.

EM.   Ganando tan buen esposo,
seguramente que no.

ART.   Aquí quien gana soy yo,

    pues yo soy el más dichos

EM. Y las del lugar, Arturo?

ART. Por olvidadas las dí

    desde el dia que volví,

    á verte, yo te lo juro.

    Y en tranqüilidad completa

    bien puedes vivir conmigo,

    porque hoy me caso contigo,

    y hoy me corto la coleta.

FIN.

9 783368 050153